Jean Gagliardi

Le tigre amoureux

conte

Illustration: collage et photo Fanny Vital-Lefeuvre

ISBN: 979-10-93442-12-9

Il était une fois un tigre qui était né et avait grandi à l'écart des hommes, dans la forêt profonde. Il était libre et puissant, le plus redoutable des fauves de la région, mais il était triste. Son nom même, le nom qu'il s'était donné, disait sa tristesse : il s'appelait « Solitude ». Il y avait quelque chose, se disait-il, qui parlait du soleil dans son nom, et il en retrouvait la trace dans l'orangé de sa robe. Mais il y avait dans ce nom quelque chose qui disait aussi la froideur de la nuit quand la lune se dérobe, et cela était inscrit en larges bandes noires sur sa robe. Enfin, rares étaient ceux qui avaient pu contempler ses yeux en face et vivre assez longtemps pour en parler, mais ceux-là rapportaient qu'il y avait une étrange et brûlante intensité dans son regard jaune, une flamme obscure qui semblait venue d'ailleurs.

Il n'avait jamais approché les hommes mais hélas il en connaissait l'odeur et la haine. Tout jeune, il s'était éloigné des jeux de ses frères à la poursuite d'un papillon chatoyant. Soudain, il avait entendu trois coups de tonnerre ébranler le calme de la forêt. Il avait attendu la pluie, les éclairs, mais rien n'était venu qu'un silence de mort qui s'était abattu sur la jungle. Tremblant, il s'était caché jusqu'à la nuit. Quand il avait trouvé le courage de revenir à la tanière familiale, il avait constaté qu'un immense désastre venait de s'abattre sur les siens. Sa mère gisait dans son propre sang à l'entrée de la grotte qui leur servait d'abri depuis sa naissance. Ses frères avaient disparu, probablement capturés par les chasseurs, apprendrait-il plus tard. Quant à son père, il ne l'avait jamais connu et jusqu'à ce soir là, il ne s'en était jamais soucié. Mais désormais, il était seul et cette absence lui pesa infiniment. Il inspecta la caverne et les environs, s'imprégnant de chaque odeur qu'il rencontrait.

Il y avait le parfum de la peur aigre qui flottait encore dans l'air, et celui, acre et étrange, de la poudre fraîchement brûlée. Quelques traces lui indiquèrent une piste qu'il aurait pu suivre, mais qu'aurait-il pu faire, tout seul, contre le malheur ? Finalement, il grimpa en haut du rocher qui surplombait la tanière de son enfance et feula sa tristesse et sa nouvelle solitude à la lune. Il s'endormit là tandis qu'approchait le matin, non sans avoir été rassuré par l'astre nocturne qui semblait se joindre à sa peine. C'est alors que son nom lui vint comme une évidence, un destin, et il allait le proclamer à la jungle environnante.

Il grandit donc ainsi, solitaire et violent. Durant les années qui suivirent, il forcit et il apprit à chasser en développant des ruses qu'aucun tigre n'avait imaginé avant lui pour s'emparer de sa proie. Il se cachait dans un buisson en attendant qu'une antilope vienne brouter, et parfois la laisser approcher à lui toucher le museau avant de se découvrir. Il promenait sa rage incendiaire aux quatre coins de la forêt et bientôt, nul n'osa le confronter sur son territoire et même au-delà. Il était capable de s'attaquer même à un éléphant adulte en pleine force de l'âge, sur le dos duquel il sautait pour en lacérer les chairs à grands coups de griffes aiguisées. Bien sûr, le pachyderme ruait de tous côtés pour se débarrasser de lui mais il finissait toujours par s'agenouiller, épuisé et sanglant, et Solitude faisait alors trembler la jungle alentours par son rugissement de triomphe. C'était un cri de défi qu'il lançait alors à l'univers entier, une bravade emplie d'audace. Sans doute était-ce là inconsciente témérité, et la seule façon qu'il ait trouvé d'apaiser la colère qui tordait encore son cœur. C'était un tigre solitaire qui avait envie de mourir mais ne le savait pas encore.

Un jour qu'il s'était rapproché sans y songer de la lisière de la forêt, il rencontra un homme, un jeune chasseur qui avait acculé un cochon sauvage et s'apprêtait à lui décocher une flèche. Le tigre était tapi dans un arbre non loin et observait la scène. Cette odeur d'humain réveillait d'étranges et douloureux souvenirs. Les cris affolés du cochon lui avaient appris aussi qu'il s'agissait d'un porcelet à peine sorti de l'enfance. Solitude s'était promis de ne pas intervenir et de suivre l'humain jusqu'à sa tanière, mais soudain, alors que le cochon piaillait de plus en plus fort, il ne put plus y tenir et bondit entre le chasseur et sa proie en rugissant prodigieusement. Le chasseur fut tellement surpris et effrayé qu'il recula dans un sursaut tandis que sa flèche s'envolait dans les arbres. En un instant, le fauve fut sur lui et le jeune homme blêmit à la vue de ses crocs. Mais alors que le tigre hésitait quant à la façon de tuer cette étrange proie, celle-ci fit entendre des bruits surprenants tandis que sa face s'humectait d'étrange façon.

Le jeune chasseur – c'était un adolescent en vérité – croyant sa dernière heure venue se lamentait en pensant à la jeune fille qu'il aimait mais n'épouserait jamais, aux enfants qu'il ne verrait jamais naître dans son foyer. Solitude contempla longuement ce visage. Après quelques minutes, le garçon rouvrit les yeux, tout étonné d'être encore vivant, et son regard plongea longuement dans celui du tigre. Ce dernier y reconnut en miroir une tristesse qu'il ne pouvait nommer et soudain, toute envie de tuer le quitta. Le porcelet avait depuis longtemps quitté la clairière quand le fauve s'écarta, comme par dédain, et laissa le petit d'homme s'enfuir. Troublé, il ne songea même plus à le poursuivre.

Depuis ce jour, Solitude hanta les abords de la forêt. Il était attiré par le monde des hommes, tant par appétit de vengeance que par curiosité. Bien sur, cette curiosité n'allait pas sans dégâts. Fréquemment, il ravageait leurs troupeaux et s'offrait un festin de moutons bêlants stupidement ou de bœufs paniqués. Il se fit, dans les semaines suivantes, un jeu de suivre à chaque fois qu'il en avait l'occasion les chasseurs qui s'enfonçaient dans la jungle en quête d'une proie pour rugir au moment où ils s'y attendaient le moins, généralement précisément au moment où la traque aboutissait. Bientôt un bruit commença à courir la jungle : on racontait que le tigre était devenu le protecteur des animaux pris en chasse par les hommes. Quand l'histoire lui revint aux oreilles, Solitude la raconta à son amie la lune qui lui sourit en lui confiant qu'elle était fière de lui, et qu'il était son digne fils puisqu'on la nommait « Maîtresse des fauves et protectrice de la vie sauvage ».

Parfois, Solitude poussait l'audace jusqu'à rôder aux abords des maisons endormies, à la proximité desquelles il reniflait d'étonnantes odeurs qui le fascinaient. Au début, les chiens hurlaient à son approche et semblaient vouloir rompre leurs chaînes pour lui courir après. Après qu'il en eut déchiqueté quelques uns, personne ne les laissa plus sortir et leurs cris d'alarme tournèrent en une plainte craintive qui portait sur les nerfs des habitants du village. Un fou alcoolique, un soir, voulut défier cette terreur qui les encerclait bientôt toutes les nuits en sortant avec son fusil sur le pas de la porte. Il tira en l'air. Un coup de tonnerre. Un deuxième coup de tonnerre. Solitude leva les yeux au ciel, qui était clair et sans lune : il n'y aurait pas de pluie ce soir. Un frémissement parcourut son échine. Il se rapprocha de l'origine du bruit. Une odeur aigre qui flottait dans l'air, mêlée cependant à des effluves d'alcool qui lui étaient inconnues, lui rappela quelque chose d'indistinct qui se tendit en lui. L'homme riait et provoquait la nuit en pointant son arme vers la forêt. Un troisième coup de feu déclencha l'orage. En deux bonds, Solitude fut sur lui et, d'un coup de patte furieux, lui arracha la tête qui alla rouler dans la maison, aux pieds de l'épouse et des filles de l'homme, affolées. Ce soir là, le tigre goûta à l'humain mais il ne trouva pas cela très bon : la viande empestait le whisky. Pendant longtemps, personne n'osa plus ouvrir sa porte ou même sa fenêtre une fois la nuit tombée.

Régulièrement, les villageois organisaient des battues pour tenter de chasser le fauve qui dévastait leur existence. Il se jouait d'eux car ils ne lui faisaient pas plus peur qu'un éléphant furieux. Il restait tapi dans un buisson tandis que les traqueurs passaient à quelques mètres de lui. Il utilisait la même astuce qu'avec les antilopes : immobile, il les laissaient s'approcher jusqu'à le toucher, puis poussait soudain un rugissement à faire trembler les arbres et courir les hommes. Ceux-ci commençaient à parler entre eux d'un esprit qui hanterait la forêt. Ils tentèrent d'allumer des feux pour l'éloigner mais ces grandes lumières chaudes ne l'impressionnaient guère. À quelques reprises, ils crurent parvenir à le cerner et le blessèrent sans gravité. Les villageois perdirent des hommes dans ces affrontements, mais bientôt ils remarquèrent que c'étaient toujours ceux qui étaient armés de fusils et qui en usaient qui se faisaient attaquer. De plus, ils observèrent que le tigre ne dévorait pas ses victimes : les corps qu'ils retrouvaient n'étaient pas mutilés. Ils remisèrent leurs armes à feu et ne connurent plus de morts dues à Solitude. Les esprits échauffés commencèrent à se calmer et on décida de procéder à une cérémonie en bordure de forêt pour tenter de se concilier son redoutable hôte.

Les villageois firent venir une vieille femme, une ermite qui vivait dans la montagne, pour conjurer l'esprit de la forêt. Au crépuscule, celle-ci demanda à être laissée seule, en bordure de la jungle, pendant trois nuits et trois jours. Elle s'assit en position de méditation, ferma les yeux, et bientôt un calme étonnant l'entoura comme si la forêt était entrée en méditation avec elle. Les oiseaux chantaient, le vent faisait bruisser les feuilles, mais toute trace d'agitation semblait s'être évanouie. Irrésistiblement attiré par cette présence, Solitude s'approcha pour mieux humer l'étrange odeur de cette humaine. Il s'en dégageait un parfum qui le troublait; il n'y avait là nulle trace de peur ni d'aucune des émotions violentes comme la colère qu'il reconnaissait chez ceux qui l'avaient poursuivi. Il flottait dans l'air une tranquillité joyeuse qui tout d'abord l'émut profondément – il n'avait jamais rien ressenti de tel – puis l'envahit. Il s'abandonna à cette détente qu'il ne ressentait habituellement que lorsqu'il se baignait dans la rivière. La première nuit, il s'assoupit donc à quelques mètres de la yogini, encore protégé par le couvert, et fit des rêves troublants dans lesquels il était un humain prenant soin d'enfants joueurs. Il lui sembla vivre ainsi différents aspects d'une vie humaine qui culminèrent dans l'impression de s'endormir dans les bras d'une femme aimante. C'est alors qu'il se réveilla et son premier mouvement fut de vérifier que la vieille femme était encore là. Et en effet, quand il aperçut son visage serein, il eut la surprise de voir celui-ci s'éclairer d'un tendre sourire. « Viens », semblait-elle lui dire, « approche-toi », et cela le tourmenta toute la journée.

À la seconde nuit tombée, il décida de lui montrer sa force et il poussa un rugissement terrible, qu'il s'appliqua à rendre aussi effrayant que possible. Elle ne bougea pas d'un poil, ne sursauta même pas. Sans pouvoir se l'expliquer, Solitude se sentit vaincu. Irrésistiblement, il se sentit conduit à sortir du couvert et à s'approcher d'elle, à quelques mètres tout d'abord, puis jusqu'à la toucher. Finalement, il s'endormit à ses pieds avec la sensation troublante qu'elle lui caressait la tête. Quand le second jour point, il s'aperçut, non sans un sursaut, qu'il avait posé sa tête dans le creux formé par les jambes croisées de la sorcière. Il se redressa et s'assit en face d'elle, fixant son regard sur ce visage qui lui semblait désormais une fenêtre ouverte sur quelque chose d'indescriptible mais qu'il avait toujours intimement connu au fond de lui. Elle ouvrit les yeux et le fixa à son tour, plongeant son regard sombre dans ses yeux jaunes. Ils passèrent la journée ainsi dans une totale immobilité. Le tigre en oubliait de manger, il était entièrement absorbé dans la contemplation de cette paix qui était en train de le conquérir. Soudain, toute son existence de fauve lui paraissait s'éclairer d'un nouveau jour.

La troisième nuit venue, il s'allongea à nouveau en posant cette fois volontairement sa tête entre les jambes de la yogini qui semblaient former comme un berceau. À nouveau, il rêva abondamment, parcourant cette fois d'innombrables existences. Il naissait, il vivait passionnément et il mourait sous différentes formes, certaines animales et même végétales, et d'autres humaines. Et toujours, le sourire de cette vieille femme semblait l'accompagner, lui dire : « vois-tu combien est immense le mystère de l'existence ? ». À un moment, il lui sembla comprendre qu'il avait choisi de s'incarner cette fois comme un tigre pour goûter à la sauvagerie sans limite de la vie, mais qu'il était plus qu'un tigre; quelque chose semblait l'appeler à une totale transformation dans laquelle il retrouverait la conscience de sa véritable nature. Dans le rêve apparut alors un gigantesque brasier et il sentit que la vieille femme l'invitait à y entrer sans crainte. En toute confiance, il accepta, bondit dans le feu et se réveilla.

Ils passèrent à nouveau la journée face à face, les yeux dans les yeux, mais c'était désormais un incroyable sentiment d'amour et de reconnaissance qui l'unissait à la yogini. Elle l'avait enseigné sans un mot et cependant, il savait que ce qu'elle lui avait fait entrevoir lui resterait gravé dans la chair, et avait changé pour toujours son cœur. La paix coulait en lui et il sentit poindre une infinie douceur à peine teintée de tristesse. Il lui faudrait mourir, songea-t-il, pour entrer pour toujours dans cette douceur. Mourir à sa vie de tigre. Il accepta cette idée et feula très doucement pour signifier cette acceptation à l'univers entier. C'est alors qu'il entendit les tambours et remarqua que la nuit tombait : comme convenu, les villageois venaient en procession rejoindre la yogini sur son lieu de méditation. D'un bond, il se mit à couvert et sauta sur une branche pour observer ce qui allait suivre.

Les villageois arrivèrent en dansant et en chantant pour accompagner les rythmes qui leur donnaient quelque courage. Ils étaient masqués et avaient le corps peint. La yogini se leva et entama une danse tournante en entonnant un chant guttural qui le fit frémir et frissonner. C'est alors qu'il remarqua qu'elle était nue et que, sans les pièces de tissu qui le voilait, le corps humain rayonnait une sauvagerie similaire à la sienne. Sans savoir pourquoi, il en ressentit un étrange contentement. Parmi les villageois, quelques uns s'affairèrent à bâtir un grand feu tandis que les autres dansaient et chantaient pour accompagner la voix de la vieille femme. Lorsque le feu fut allumé, celle-ci se mit à virevolter autour du brasier. Lui parlait-elle ? Il semblait à Solitude que jusqu'à la flamme dansait avec la yogini et se tendait vers elle sans la brûler, caressante. À un moment, elle s'arrêta de danser et se planta en face de la sombre forêt. D'une voix forte, elle invita alors les villageois à se débarrasser de leurs masques en les lançant dans le feu. « Brûlez votre peur », les enjoignit-elle, et c'est alors que Solitude réalisa que les masques représentaient des figures qui se voulaient effrayantes. Un à un, ils jetèrent leurs masques et vinrent déposer des offrandes à la lisière de la jungle.

Quand ce fut fini et que tous se tinrent immobiles et attentifs derrière la vieille femme, celle-ci reprit la parole. D'une voix forte, elle s'adressa d'abord à la forêt obscure en une langue inconnue mais dont chaque mot claquait avec la puissance d'un coup de tonnerre. Un silence absolu se fit à des lieux à la ronde. Puis elle se tourna vers les villageois et leur expliqua que c'était bien un esprit qui hantait la forêt et que les hommes avaient attiré ce destin en se coupant de la vie sauvage et en la massacrant avec leurs fusils. Elle ajouta qu'ils n'avaient désormais plus rien à craindre de ce tigre car, dit-elle en souriant vers la forêt, il était désormais plus sage qu'eux et deviendrait leur protecteur. Mais encore faudrait-il qu'ils cessent de le chasser et même qu'ils l'accueillent comme un ami quand il sortirait de la jungle. Sur ces mots, et comme le soleil se levait, sans un regard en arrière elle s'enfonça dans la forêt tandis que retentissaient derrière elle de grandes exclamations qui visaient à la remercier.

La vie reprit son cours paisible dans le village pendant les jours suivants. Un soir, les villageois organisèrent une grande fête pour célébrer la paix retrouvée. L'odeur d'un mouton rôti venait agréablement chatouiller les narines de Solitude qui se réjouit avec eux car il savait qu'il en aurait sa part : sur les instructions de la yogini, le chef du village venait chaque soir déposer une offrande tirée de son propre repas à la lisière de la jungle. Le tigre regardait la scène d'une branche non loin dont il avait fait un de ses postes d'observation favori. Les humains l'intriguaient, et particulièrement leurs chants qui s'élevaient le soir tandis qu'ils se réunissaient autour des feux, maintenant qu'ils osaient à nouveau sortir. Il humait leurs odeurs variées et interrogeait la lune du regard, mais celle-ci se contentait de lui sourire aussi énigmatiquement que tendrement.

Le lendemain matin, une petite fille d'une dizaine d'années échappa à la surveillance de sa mère et alla jouer au bord de la rivière. Elle avait construit un petit village de pierres et y faisait évoluer des personnages en chantonnant. Elle était en train de se pencher sur l'eau pour y chercher une roche quand elle vit, à côté de son propre reflet, celui de Solitude qui s'était approché, comme fasciné. Solitude s'apprêtait à se baigner quand il avait aperçu cette enfant qui venait sans le savoir vers lui, et il lui avait semblé que son cœur s'était un instant arrêté de battre tant elle lui semblait belle. Il y avait dans ces yeux enfantins quelque chose de la joie et de la paix qu'il avait bu dans ceux de la yogini. Elle n'eut pour sa part pas peur une seconde de ces yeux jaunes qui la regardait calmement. Elle se tourna et dit en riant, comme si elle le connaissait depuis toujours :

- Ah bon, tu te décides à venir jouer, maintenant ?

Le tigre ne répondit pas. Il avait bien trop peur de l'effrayer par le moindre feulement. Il se contenta de reculer doucement en penchant la tête. Elle sourit, du même sourire qu'avait la lune. Elle avait des boucles dorées, une peau cuivrée et un regard brun qui lui parlait de douceur. Elle ajouta de sa voix chantante :

- Tu sais, j'ai rêvé de toi cette nuit. Tu étais un roi et tu me demandais en mariage, mais je ne savais pas quoi répondre car je ne suis pas une princesse. Mais tu insistais et finalement j'acceptais...

Solitude s'assit, troublé. Il avait parfaitement compris ce qu'elle lui disait et son cœur lui sembla un instant se dilater à l'infini. Il ne pouvait que la contempler amoureusement. Elle reprit son jeu en l'observant du coin de l'œil et le grand fauve se coucha à quelques mètres de là pour en faire autant. Mais bientôt on entendit la mère de l'enfant appeler : « Lîla, Lîla ! », et avant que celle-ci n'ait le temps de répondre, Solitude avait disparu sous le couvert. Mais depuis ce jour, il ne se passa pas de semaine sans qu'il trouve le moyen d'approcher Lîla ne serait-ce que pour quelques minutes. Celle-ci lui parlait, lui racontait la vie des hommes. C'est ainsi qu'elle lui demanda de cesser d'attaquer les troupeaux, et elle constata bientôt qu'il la comprenait. Cela la réjouit et l'enhardit. Leur amitié fut scellée le jour où elle osa le toucher, ébouriffer sa fourrure de caresses comme s'il eut s'agit d'un gros chat. Elle le prenait dans ses bras, lui murmurait des secrets à l'oreille et lui restait impassible mais heureux.

Bientôt, plus personne n'eut à se plaindre de la présence du tigre dans les environs. Tous, sauf Lîla, croyaient que la cérémonie avait porté fruit et que le fauve était parti. Ils se retrouvaient régulièrement dans la forêt. Il suffisait le plus souvent à Lîla d'entrer sous le couvert pour que Solitude approche et, si elle était seule, vienne à elle. Ils se promenaient tandis qu'elle bavardait, apparemment avec elle-même, mais elle apprenait doucement à reconnaître les expressions du tigre, ce qui leur permettait d'établir un véritable dialogue. Il aimait particulièrement quand elle chantait. Il semblait alors complètement subjugué. Le soir, il racontait à la lune comment cette voix cristalline semblait éveiller quelque chose en lui qui chavirait et s'ouvrait délicatement, et la lune souriait.

Mais il arriva qu'un jour, ils croisèrent le chemin d'un sanglier furieux. Leurs ennuis avaient commencé quand ils dérangèrent une troupe de singe en train de manger et qui, prenant peur devant le tigre, commencèrent à les harceler en leur lançant des noix du haut d'un arbre. Solitude leur aurait volontiers donné la chasse mais Lîla le retint. Sur leur gauche, des bruits de branches cassées se firent entendre, qui alertèrent le fauve mais son attention resta fixée sur les singes. Une noix, cependant, toucha Lîla au front et elle trébucha. Cette chute fut sans doute salutaire car au même moment le taillis laissa émerger avec force craquement un phacochère qui fonçait droit devant lui. Il heurta l'enfant à l'épaule et l'envoya rouler à quelques mètres de là tandis que Solitude se retournait d'un bond et évitait l'assaillant. Ce dernier n'eut pas le temps de charger une deuxième fois, mais le tigre se détourna rapidement de sa dépouille pour revenir vers son amie. Elle était inconsciente. Il lui lécha le visage. Il guettait ses signe vitaux. La nuit tomba. Il se coucha contre elle pour lui offrir sa chaleur. Vers le matin, elle bougea et elle ouvrit les yeux. Avec le soleil, elle se releva et, s'accrochant au cou du tigre, se laissa porter sur son dos dans une douce inconscience. Ce n'est qu'au moment où ils approchèrent du village qu'elle revint un peu à elle et, dans un effort de dignité, se redressa sur sa majestueuse monture.

C'est ainsi qu'elle apparut ce matin là à sa mère éplorée, à son père anxieux, et à tous les villageois épuisés par une nuit de recherches de l'enfant dans les abords. L'ancienne religion se dissipait à mesure que proliféraient les fusils mais plusieurs y reconnurent l'icône de la déesse. Ils allaient s'agenouiller quand l'instituteur, un idiot raisonnable, arriva avec son arme et visa Solitude entre les deux yeux. Le fauve s'arrêta et le regarda calmement mais il était prêt à bondir de côté. Un silence prolongé s'installa tandis que les protagonistes se faisaient face à une dizaine de mètres. Mais le père de Lîla intervint enfin :

- Ô Dieu ! Elle est vivante ! Il la ramène...

Arrête cela tout de suite ! – cria-t-il en désignant le fusil. En un instant, il fut sur l'homme et lui arracha l'arme des mains sans lutte. Il se retourna en la tenant en travers et, après un instant d'hésitation, il marcha à la rencontre du tigre et déposa l'arme par terre à quelques mètres devant Solitude. Ce dernier secoua la tête avec ce qui pouvait ressembler à un rire, et Lîla commença à glisser de son dos. Chancelante, elle marcha vers son père qui n'osait pas s'approcher plus. Comme pour bien montrer son amitié devant tous, elle caressa la tête et l'oreille de Solitude qui ronronna en penchant la tête pour qu'elle prolonge son geste. Après quelques pas, elle se jeta dans les pas de son père qui pleurait de joie. Décidément, se dit le tigre, il fait encore entendre cet étrange bruit et il mouille ses yeux, mais pourtant cette fois, il n'est pas triste – qu'ils sont étranges, ces humains. Et il commença à s'éloigner tandis que Lîla montrait ses blessures et racontait ce qui était arrivé.

De ce jour, ils purent se fréquenter ouvertement, du moins en ce qui concernait la famille de Lîla. Son père était un sage qui avait étudié les anciens mythes et acceptait l'idée qu'un tigre et une enfant puisse développer une familiarité. Mais il recommanda à Lîla d'espacer les rencontres et de se garder des villageois qui pourraient bien vite la considérer comme une sorte de sorcière. Déjà, ils la regardaient respectueusement et elle était surnommée « la fille au tigre », mais il valait mieux que l'histoire soit un peu oubliée. Lîla parvenait donc moins souvent à s'échapper pour aller dans la jungle, mais les deux amis restaient en contact. Les mois, les hivers et les étés passèrent. Lîla grandissait et Solitude mûrissait. Le père de Lîla décida qu'il était temps de la marier et se mit en tête de lui trouver un époux. Le tigre n'était plus pour lui qu'un incident du passé car Lîla n'en parlait plus depuis longtemps. Un jour, il lui annonça qu'il avait pris des dispositions pour lui faire rencontrer des jeunes hommes des villages voisins. Le soir même, à la tombée de la nuit, elle s'esquiva et alla marcher dans la jungle. Bientôt, Solitude fut à ses côtés. Il sentait une tristesse inhabituelle chez elle. Après un moment, elle s'arrêta et lui dit :

- Mon père veut me marier. Il va me donner à un mari et nous séparer. Jamais un autre homme n'acceptera que je partage ma vie avec un tigre. Pourquoi n'es-tu pas un humain comme moi, pour te marier avec moi ?

A cela, Solitude n'avait pas de réponse et le sourire énigmatique de la lune l'irrita un peu cette nuit là. C'est dans la tristesse que les deux amis se séparèrent vers le matin. Ce jour là et les suivants n'apportèrent pas de réponse et le tigre dépérissait car il n'avait même plus envie de se nourrir. C'est vrai que, quand il pensait à Lîla, ce n'était plus une petite fille qu'il voyait mais une splendide jeune femme en devenir. Il désespérait à l'idée de la perdre. Voyant cela, la lune lui envoya un rêve dans lequel il entendait une voix cristalline murmurer : « si un homme te tue avec compassion, tu reviendras sous la forme que voudra prendre ton cœur ». Toute son existence, il avait fait confiance à cette amie qu'il avait dans le ciel et c'est sans hésiter qu'il revint roder aux abords du village. Il trouva bientôt ce qu'il cherchait en la personne du jeune homme de l'arc duquel il avait sauvé un porcelet des années auparavant. Il le suivit dans sa chasse du jour et, alors que l'homme se reposait au bord de la rivière, il s'approcha. L'homme sauta sur ses pieds, paniqué, et fit tomber l'arc qu'il tenait sur ses genoux. Solitude s'assit et le regarda.

L'homme se calma en remarquant qu'il ressemblait au tigre qui l'avait miraculeusement épargné dans son adolescence. Il s'assit à son tour. Solitude se rapprocha encore, jusqu'à ce qu'ils soient à deux mètres l'un de l'autre, toujours assis. Il plongea son regard dans les yeux de l'homme. Il lui dit là tout ce qui était arrivé dans son existence de tigre. Il lui dit la mort de sa mère et la perte de ses frères. Il lui dit sa rencontre avec la yogini et l'immensité à laquelle elle l'avait ouvert. Il lui dit son amour pour Lîla, sa tristesse, son désespoir. Il lui dit son désir de mourir, là, maintenant. Et l'homme comprit. À son tour, il parla et dit à Solitude de l'attendre là tandis qu'il irait chercher la vieille femme pour qu'elle les aide de sa sagesse. Le tigre acquiesça et se coucha.

C'est à la même place, dans la même position, que le jeune homme et la sorcière le retrouvèrent deux jours après : il n'avait pas bougé, semblant méditer patiemment. La yogini eut un sourire en le voyant et se pencha sur lui pour le caresser longuement. Soudain elle empoigna sa crinière et le força à la regarder dans les yeux en murmurant une invocation dans la langue secrète avec laquelle elle avait conclu la cérémonie. Il y avait dans sa voix une intonation interrogative et Solitude comprit qu'elle lui demandait s'il acceptait de mourir. Rassemblant tout ce qui lui restait de forces, il feula doucement pour, une nouvelle fois, signifier son acquiescement. Avec elle comme guide, il s'abandonnerait à n'importe quoi en toute confiance.

La yogini invita le jeune homme à ramasser avec elle des branches d'arbre pour bâtir un grand bûcher. Tandis que le chasseur mettait la dernière main à la structure et l'emplissait de petit bois sec, elle alla chercher de grandes feuilles et des herbes odorantes qu'elle disposa pour former comme un lit. Puis elle alla chercher des fleurs dont elle parsema la couche et entoura le bûcher en formant un cercle distant de quelques mètres. Puis elle rompit le silence dans lequel il travaillait et indiqua au jeune homme qu'il lui fallait maintenant sortir du cercle car, dit-elle, elle allait maintenant y convoquer la Shakti qui réveillerait le dieu suprême pour que l'œuvre de recréation soit accomplie. Comme il hésitait, elle le bouscula un peu en lui demandant s'il était décidé à quitter cette vie lui aussi — et à devenir tigre, ajouta-t-elle en riant. Il alla alors d'un pas assuré vers le grand fauve qui observait attentivement la scène. Il s'agenouilla devant lui et l'embrassa en pleurant entre les deux yeux. Quelle ne fut pas sa surprise en relevant la tête de constater que le tigre le regardait intensément avec des larmes qui perlaient aux coins de ses yeux jaunes. Il y lut une tristesse indéfinie qui se mêlait à une infinie reconnaissance. Puis il alla s'asseoir en position de méditation sur un rocher non loin tandis que la vieille femme, qui était restée dans le cercle, entamait une invocation gutturale en tournant sur elle-même et tout autour du bûcher. Le silence alentours se fit tandis que les fleurs sur le sol se mirent à luire d'une étrange lumière qui ressortait d'autant que la nuit commençait à tomber. À l'intérieur du cercle semblait tourbillonner maintenant une puissance contenue qui scintillait comme des étoiles dansantes.

Le tigre avait rassemblé ses dernières forces pour s'asseoir et semblait méditer les yeux clos, ce qui troubla profondément le jeune homme : une paix inouïe s'était installée sur la face du grand fauve. « Ô Kali », songea-t-il, « il a déjà quitté cette vie et brûle d'amour vrai ». Le chant de la yogini s'était amplifié jusqu'à faire vibrer les roches et les arbres alentours, et jusqu'à la rivière semblait se joindre à l'invocation en grondant sourdement. Soudain, un appel retentit et le tigre se leva et s'avança vers le cercle d'un pas chancelant. En un bond, le chasseur fut à ses côtés et, pour l'accompagner, posa une main ferme sur la robe qui luisait maintenant, comme exsudant un feu intérieur. Que se passa-t-il ensuite ? Cela demeurerait à jamais flou dans le souvenir du jeune homme. La yogini surgit devant lui en brandissant un couteau d'obsidienne noire qu'elle lui tendit avec un sourire, puis elle les invita à entrer dans le cercle, ce qu'il fit non sans avoir l'impression que son corps physique demeurait en méditation là où il l'avait laissé sur le rocher. Le tigre s'agenouilla devant la vieille femme en lui léchant les pieds puis le visage comme elle se penchait sur lui, puis il entreprit de grimper sur le bûcher.

Sur un signe de la sorcière, le chasseur se retrouva flottant dans l'air à côté de son ami tigre, avec la surprise de ne plus rien reconnaître du bûcher ni de la forêt qui les entourait. Ils étaient dans l'immensité de l'espace, entourés de constellations et d'étoiles clignotantes. Il tenait encore le couteau d'obsidienne et celui-ci sembla soudain s'animer de sa propre vie, palpitant dans sa main. Il se sentit soudain investi d'une mission sacrée et s'abandonna à cette présence qui l'emplissait de clarté et de joie. Il remarqua que le tigre lui offrait maintenant sa poitrine et, sans hésiter, il plongea le couteau à l'endroit où il supposait trouver le cœur. Au même moment, c'est un torrent de larmes qui jaillirent de ses yeux, mais étaient-ce des larmes de tristesse ? Non, c'était pure joie et amour qui le lavait de l'intérieur, qui coulait en lui comme lave libérée d'un volcan depuis toujours endormi. Le couteau avait tracé une croix sur la poitrine du tigre, et la plaie ouverte semblait maintenant rayonner de lumière absolue. Sans penser un instant à ce qu'il faisait, il plongea son autre main dans l'ouverture et en retira un soleil brûlant qu'il porta à ses lèvres pour l'embrasser et le brandir, l'offrant ainsi à l'univers entier. Puis il se sentit se dissoudre dans l'infini et sombra dans l'inconscience.

Quand il se réveilla, il était dans les bras de la vieille femme qui le berçait doucement en contemplant le bûcher qui flambait. Comme il voulut parler, l'interroger, elle posa un doigt sur sa bouche et lui désigna avec un sourire le brasier de la tête. Puis, après un long moment, elle se dégagea de son étreinte et se leva, lui faisant signe de la suivre. Avant de le quitter aux abords du village, elle se tourna vers lui et appuya son front contre le sien en murmurant : « Tu as bien agi. Tu seras béni. Quand tu seras prêt, viens me voir et je t'enseignerai. » puis elle s'éloigna sans se retourner. Pendant les trois nuits qui suivit, un feu étrange rougeoya dans la forêt, près de la rivière. Les villageois s'en inquiétèrent mais le jeune homme, qui avait trouvé une nouvelle assurance, leur dit simplement que la yogini était venue accomplir là un rite sacré et qu'il n'en sortirai que du bien pour eux.

Au quatrième matin, un jeune homme à la peau sombre, aux yeux noirs et avec une peau de tigre sur le dos arriva en marchant au village. Lîla sortait de chez elle quand il la trouva enfin. Il s'arrêta pour la regarder en souriant, avec une larme soudain qui perla au coin de l'œil. Elle le regarda avec saisissement. Tout doucement, il chantonna un air qui n'appartenaient qu'à eux. Alors, enfin, elle sourit et ce fut comme si le soleil se levait dans le cœur de Solitude.

Bientôt les noces furent célébrées, qui donnèrent lieu à une grande fête. La yogini fut invitée mais elle ne daigna pas se présenter en personne. Cependant, elle visita le chasseur, le jeune homme à la peau de tigre et Lîla dans un rêve où ils eurent la surprise de tous se retrouver comme de vieux amis, et elle les bénit. Elle indiqua au chasseur qu'il deviendrait le chef du village car il avait le cœur d'un roi tandis que celui que l'on appelait Solitude deviendrait le guérisseur du village et son meilleur ami. Puis elle se tourna vers Lîla et lui dit qu'un jour, après avoir donné vie à de nombreux et magnifiques enfants, elle deviendrait à son tour une yogini comme elle, maîtresse des mystères de la nuit. Puis elle les enjoignit de rester unis : « tant que l'unité entre vous demeurera, la Déesse se réjouira et rien ne pourra vous arriver qui ne serve votre joie infinie ». Ainsi fut-il fait dans les années qui suivirent, et Solitude, qui avait pris un nouveau nom, vit son rêve d'enfants joueurs et d'épouse aimante se réaliser. Il soignait les âmes tandis que Lîla apprit les simples et s'occupait des corps de tous ceux qui venaient à eux. Ils portaient partout où ils étaient appelés la bénédiction de la Déesse.

Leur apparition entraînait la dévotion car chacun reconnaissait dans ce couple quelque chose de l'ancienne royauté qui cependant était assumée par leur fidèle ami. Mais toujours, ils relevaient ceux qui s'agenouillaient devant eux en leur disant : « Ô ami, nous t'enjoignons de ne te courber que devant la Déesse, et non devant nous qui témoignons simplement de l'infinité de Son amour. Toi aussi, tu es son enfant... »

Parfois, quand la lune était pleine, Solitude sortait à la nuit avec sa peau de tigre et partait courir avec sa vieille amie qui souriait dans le ciel. Il était souvent alors accompagné de tigrons bondissants qui rugissaient de joie.

A PROPOS DE L'AUTEUR

Jean Gagliardi est né en France mais a vécu 25 ans au Québec avant de revenir vivre en Europe. Après une carrière créative en informatique, il se consacre désormais à l'écriture et à l'analyse des rêves. Il est l'auteur de plusieurs blogues et d'un livre intitulé « Feu et vent, l'émergence du Soi à travers les rêves ».

Blogue « la voie du rêve » : htttp://voiedureve.blogspot.com

Blogue « la joie d'être un âne » : http://jubilarium.blogspot.com

Aussi publié chez Anser Fabulis :

    - Gardien de l'ombre.

Pour tout contact :

jean.gagliardi@gmail.com

ÉDITIONS MULTIMÉDIA

le cœur du monde
au creux de l'oreille

Tout, dans l'Univers, est interconnecté.

Cette révélation de la physique quantique génère espoir et inspiration dans un monde où la vision réductrice de l'Occidental du XXème siècle, son ethnocentrisme et son avidité ont provoqué la séparation et l'isolement. Aujourd'hui, l'intuition des liens qui unissent le Vivant n'est plus ravalée au rang de fantaisie poétique ou ésotérique. Les savants redécouvrent et apportent de rassurantes preuves scientifiques, mais les Anciens savaient bien des choses de cette Trame mouvante et invisible qui sous-tend le monde.

Les lois subtiles de la Vie - qui ne sont pas celles, morales, du Monde Ordinaire - étaient autrefois transmises de bouche à oreille dans les récits dits de tradition orale, de la berceuse à l'épopée, en passant par le mythe et le conte. Ces récits avaient pour fonction de semer des graines de connaissance, d'initier, d'échelon en échelon; et comprenait plus en profondeur qui pouvait.

Aujourd'hui, dans nos sociétés, nous avons des éducateurs, certes, mais où sont les initiateurs, ces mentors qui fournissent l'équipement magique pour inviter chacun à partir à la conquête de sa légende personnelle ?

Comment s'étonner de rencontrer tant d'adolescents à la pensée chaotique ?

Ils sont prêts à se lancer dans des défis stupides et dangereux, car ils ne savent pas d'où ils viennent. Leur âme assoiffée n'a reçu que trop peu de nourriture spirituelle. Ils sont bon gibier pour les extrémistes de tout bord.

Comment s'étonner de voir tant de vieillards sombrer dans l'oubli d'eux-mêmes ? Après une existence passée à poursuivre les chimères de la société de consommation, ils ne savent pas où ils vont. Ils errent. Ils ne trouvent plus le chemin de retour à eux-mêmes, à leur intériorité.

De toute éternité, la Trame a envoyé des messages dans le Monde Ordinaire: coïncidences, intersignes, synchronicités...ou des messagers, qui bien souvent ont des ailes.

L'oie sauvage est de ce petit peuple-là. *Anser fabalis* est le nom savant de l'oie des moissons, celle qui, avec sa bande, traverse le continent du Nord au Sud et puis du Sud au Nord en poussant des cris d'enthousiasme qui ravissent les cœurs.

Anser fabulis appartient à une espèce un peu différente - à l'espèce fabulatrice- et vous ne trouverez son nom dans aucun dictionnaire.

Anser fabulis, c'est l'oie des fables, l'oie colporteuse d'histoires (de celles qu'elle entend au cours de son voyage ou de celle qu'elle sait de très vieille mémoire). Ma Mère l'Oye appartient à cette espèce-là et de l'oye à l'ouïe, la distance n'est que d'un cheveu d'ange.

Anser Fabulis est le nom de notre Maison d'Édition multimédia. Notre objectif est d'aider à renouer le lien rompu avec la tradition. Nous souhaitons redonner souffle, sève et âme aux récits anciens , les revisiter avec notre regard d'aujourd'hui et les donner à entendre à nos contemporains. Ouvrir un espace aussi aux récits de vie. Comme les oies sauvages, nous sommes gens de plumes, de pinceaux et d'ouïe.

Nous sommes conteurs, chanteurs, auteurs et imagiers. Nous nous produisons régulièrement sur scène. Cependant notre désir est de toucher plus largement les gens en nous invitant chez eux, en nous glissant sur leurs tablettes numériques, en murmurant dans leurs écouteurs.

Notre proposition sera riche de plusieurs collections: des berceuses, des contes merveilleux, des grands récits épiques ou mythologiques, des récits de vie et des films d'animation.

Nous vous invitons chaleureusement à entrer dans le cercle.

9 791093 442129